KB003680

흔들림의 미학

흔들림의 미학

초판 1쇄 발행	2022년 8월 23일
초판 1쇄 인쇄	2022년 8월 23일

지은이	김경희

펴낸이	이장우
편집	송세아 안소라
디자인	theambitious factory
마케팅	시절인연
제작	김소은
관리	김한다 한주연
인쇄	아레스트

펴낸곳	도서출판 꿈공장플러스
출판등록	제 406-2017-000160호
주소	서울시 성북구 보국문로 16가길 43-20 꿈공장 1층

이메일	ceo@dreambooks.kr
홈페이지	www.dreambooks.kr
인스타그램	@dreambooks.ceo

전화번호	02-6012-2734
팩스	031-624-4527

ISBN	979-11-92134-23-9
정가	12,000원

김경희 시집

삶은 극단의 시소
마음의 추는 불안의 촛불
흔들리는 모든 것들에 내 온기를 담아,
누군가의 숨 끝자락에 가닿을 수 있기를

2022년 여름

김경희

나의 불씨 나의 광기 나의 분노

가면이 너덜너덜해져서 써지지가 않지
나는 당신들에게 뾰족하고 읽기 어려운 시

한 발자국을 떼면 다시 퇴보해야 할 것 같은
깊숙이 어딘가에서 나를 지켜보는
습기가 숨 속으로 스며들어 장악당하는
기분의 소용돌이

내동댕이쳐진 선물들
경계를 침범당한 쏟아진 마음들
피 흘리는 찢어진 포장지
엉망이 되어 신음하는 콜라주
굴러떨어지는 과거들

나는 투명인간
살아있지만 죽어있는 마음 덩어리

빈껍데기를 채워야 해, 채워야 해

슬픔이 모이고 모여

불씨가 점점 타올라

나는

뚝뚝 흐르는 눈물

가면 쓴 뼈에로

삐걱거리는 문

투명한 가시

무엇이 가장 슬픈 일일까

부드럽게 비뚤어질 수 있음은 축복이지

불쏘시개로 쓸

내 껍데기를 원해?

늘 위태로운 촛불이라 흔들리는 운명입니다

이 세상엔 귀머거리들뿐이야
아무리 절규해 봐도
삐--------------
묵음 처리되는 목소리

(아파 아파 아파)

작은 네 한숨에도
휘청거리는 멍청한 촛불 같아

손톱 밑에서 배어 나오는 핏물처럼
처마 끝에서 처형을 기다리는 빗물처럼

아스팔트 바닥 아래로 곤두박질치는
비꽃의 향연
고요한 울부짖음이 생생해

난 이미 셀 수 없이
흔들리고

떨어지고
무너져서
너덜거리는 헝겊 같아

독해져야 해
(독해지려 하면 할수록 나약해지는 마음의 살갗)

거문고의 현들을 다 집어 뜯으면
이런 기분일까

다 소진한 것 같아
목소리도 안 나와

여전히
그대로인데

논리주의자의 방식

모든 것엔 설명서가 있어요
설명서를 읽고 토씨 하나 놓치면 안 됩니다

(내가 설명서가 된 기분)

설명서는 명확한 수치로 표현되고요

어느 날,
추상화 같은 매혹적인 설명서를 찾았어요
설명서인데 추상화 같다니
생에 처음 겪는 이 느낌!
빨랫줄에 걸어놓았죠

아무리 이해해보려 해도
이해가 되지 않습니다

설명서가 설명하기 시작합니다
(설명서가 설명해야 하는 모순)

그래도 알 수 없어서

돌돌 말아도 보고

물에도 넣어보고

싹둑싹둑 잘라도 보다가

너덜너덜해진 설명서는 웁니다

궁극에 쓰레기통으로 갈 운명입니다

내 열심은 깨진 그릇 같아서 오늘도 아픈 시로 붙입니다

관심과 애정은 공기 같은 게 아니야
배려는 싸구려 와인도 아니지
손쉽게 언제나 갖추어지는 그런 게 아니야

네게 내 열심은 그저 당연한 일
숨처럼 너무나 당연한 일

그래서 내 열심은 깨졌어
왕창 부서졌어

당연하지 않은 게 당연해지면
빛을 잃고 마니까

네게 비춰진 나는
겉껍데기
액세서리
소모품

겉껍데기는 내가 아닌데

나는 겉껍데기가 되어 가고 있어

네 곁에서 나는
온전하지 못하고
지지대를 잃은 채로
절벽에 서 있어

바닥을 기는 내 마음
네 것이 아니라 내 것이지
엉엉 울면서 내가 나를 달랠 거야

나는 너무 많이 사라지고 사라져서
껍데기만 남고 네게 줄 마음은 없어

연줄을 끊고 높이 날아갈 거야
멀리

스토커

그림자가 네 앙상한 날개 뼈가 드러나듯 번져
흔들리는 촛불처럼 위태로운 그 모습이 매혹적이야

나는 네게 중독되어
너의 빛이 앓아눕기를 원하고
네가 버린 쓰레기처럼 끈적끈적하게 흘러내리지

속눈썹이 땅거미 지듯 내려앉는 밤을
매 순간 기다리며
시계 초침처럼 곤두서 있어

내 몸으로 너를 휘갈겨 쓰고
너덜너덜해지고 싶은 기분을 아니

표면만을 더듬어서 너를 가질 수 있을까
네 그림자 위에 누워있고 싶어

네가 주는 고통까지도
해당화처럼 아름다워서

나는 재가 되어가고 있는데도
미칠 듯이 달콤해

너라는 숲이 늪이 되고 진창이 되고
네 숨결도 박제하면 좋을 텐데

이 소용돌이 속에서
함께 죽자

이 죽음도 낭만적일 테니까

나를 다 긁어서라도
널 가질 거야

Dear 스토커

검은 음표들이 도둑고양이처럼 살금살금 다가오지
생선 비린내처럼 악취를 풍기니 내가 모를 것 같니
넌 이어지는 피의 사슬처럼 오래 고여 있었고
경계를 넘었어

네 말은 힘 잃은 화살처럼 쉬이 빗겨나가고
내 문턱을 넘지 못한 채 미끄러져서
어두운 감정의 알갱이들이 시소를 타더라도
너는 내가 아닌 너를 휘젓고 있어

눈 코 입이 휘발하고 투명해져서
목소리의 빛깔도 옅어져

그렇게
아래로 흘러
절벽 끝으로 몰리는 거야

우리의 분위기가 기울었거든

감당할 수 없는 해류를 거스르지 못한 채
떠내려갈 수밖에

사랑해, 잘 자
달콤한 잠 같은 거야

절벽 그 끝에서 네가 죽으면
너를 나로 새롭게 피울 거니까

넌 영원히 내게 귀속되는 거야

마녀

사랑이라는 가면을 쓰고
끈적끈적한 그림자가 따라붙는다

새카만 망토를 쓰고도
차마 들끓는 피를 감추지 못한 채
사랑한다며 사냥한다

나약해서 아름답대
꽃은 언제든 꺾일 수 있거든
나비의 날개는 쉽게 짓이겨져

눈부신 것은 독이니까
전부 네 탓이야

쉿!
시뻘건 두 눈동자에게 들키지 마

오물은 버려져야 하고
넌 순백이라

그들의 배출구에 안성맞춤이지

망토를 뒤집어쓰고
향을 감추고
살금살금 첨탑으로 올라가
이 모서리를 부숴 버리자

너를 위한 종이 울리면
달을 구원할 수 있겠지

그것이
유일한 너의 길

괴물

그림자가 짙게 감싸면
개기월식처럼
아슴아슴 잡아먹히는 순간

감정의 고삐를 놓쳐
흔들리던 시소가 무너진다

마음의 온기가 식으면
쌓아둔 빛도 꺼지는 걸까

가면을 벗으면 괴물이 된다

터질 것 같은 뜨거운 불덩이를
수많은 껍질 속에 숨겨두었거든

들키기 싫은 내 어둠이
햇빛에 비친 먼지처럼 존재를 드러내자
터져 나오는 검은 목소리

해파리의 촉수처럼 건들기만 해도
독을 뿜어낼 것 같아

자꾸만 왔던 길을 반복하는 숲
꿈과 현실 사이의 늪

눈을 감는다

아무것도 보이지 않아야
나를 볼 수 있는 시간

가둬두었던
푸른 멍이든 심장을 꺼내
이야기를 듣는다

짙은 어둠 속
눈물이 반짝인다

우린 하나야

강박증

먼지 한 톨에도
정확한 좌표가 있어
숨을 멈추고 발끝에 힘을 줘

한 번 삐끗하면
음 이탈 나는 곡조처럼
사소한 빗나감으로
날개가 찢기는 것 같아

눈이 없는 선충처럼
빛을 느껴야만 하거든

나의 호흡은
원주율처럼 한 치의 오차가 없어야 하고
희미해지는 빛들은 용납할 수 없지

외부인의 침입은
쇠파이프로 온 신경을 긁는 기분

그러니

,

문을 잠가 버릴까

그러면

,

나는 날 수 있을까

흔들림의 미학

불면증

검은 건반을 누르면 따끔따끔해
얼룩진 손톱달
깊이 잘라내 붉은 꽃 핀다

붉은 터널은 닫히고
손끝과 달의 경계엔 늘 네가 있어

깊이 잠식당할 것 같은 붉은 밤
아름다워 슬픈 달이 뜨고
아무리 뻗어도 닿을 수 없는 곳에
나를 가둔다

폭우가 쏟아지면
돌이키기 힘든 시간의 걸음처럼
내 목소리 흔적도 없어질까

낮과 밤의 경계가 허물어져
내 하늘은 미치도록 붉게 물드는데

없는 그리고 있는 꿈

상상의 날개
있는 걸까 없는 걸까
퍼덕여 본 적이 없음은 있음을 뜻하는 걸까

미로에 빠지는 숨, 거친 숨

공격으로 오해당하고
있는지 없는지 모르는 날개는 짓밟히고

괜찮아
괜찮아

(괜찮지 않은데 괜찮다고 말하는 모순)

나는 아무것도 모르고
모르니까 괜찮아

(고통이 아니라고 확신해?)

극단에도 속하지 못하는 외로움
그 중간에서 둥둥 떠다니는 섬처럼

꿈의 터전일까

세상은 전혀 달콤하지 않아
분명 꿈속인데

짝사랑이라 부르기엔 한없이 모자란 온도

집착은 부러진 의자
결핍은 그대를 향한 통로
동경은 환상의 꽃

(사랑은 바윗돌 같아서 담지 않고
이유를 붙여봅니다)

이유가 낮과 밤 같아서
밤이 나를 덮어 투명해지게 하니
밤으로 도망치고 싶은 마음

그러나
늘 끝자락에는 따라오는 낮

어쩔 수 없는
목마름처럼
목맴처럼

당신에게서 다정한 피라도 흐르면

끝이라는 단어가 미워서 우는 밤

마음이 모순으로 숨바꼭질하는 새벽

사라지고 싶다가도
닿고 싶은 마음

뻗어나가다가도
낮게 흐르고 싶은 나

몰랐으면 하다가도
자꾸만 들키고 싶은 밤

마음은 새는데
쏟아지는 숨

늘 멈춰서 기다리는데
머물 수 없는 바람

녹아내리지만
모든 시선이 너로 뾰족해지는

깨어날 수 없는 꿈

꺼트릴 수 없는 불

애정결핍증

파르르 날던 날갯짓이 멈춰서 폭발할 것 같은 밤
삶이 들어맞지 않은 옷처럼 불편해서
나는 구겨지고 있어

너는 따뜻한 바람처럼 불어와서
날 스쳐 지나가
날카로운 종잇날처럼 아파

이것은 나의 문제

모난 돌멩이처럼 네 마음속에서 구르고
고양이 발톱처럼 널 할퀴고
그렇게 내 흔적을 만들고

산호초의 폴립을 집어삼키는
가시관 불가사리처럼

너를

부서뜨리고 싶어
망가뜨리고 싶어
잡아채고 싶어

달콤한 즙을 바른 육식식물처럼 유인해서

너를

녹이고 싶어
녹여내고 싶어

그러니 나를
가둬줄래 가려줄래 가져줄래?

이곳저곳에서 가져와 뜯어 붙인
콜라주처럼 만신창이야

그래서 모르겠어 모르겠어 모르겠어
모른다는 말밖에 모르는 사람이 되어가는 사람

나는 네가 가시덤불의 담요라도 덮을 수 있는데
너라면 그래도 좋을 것 같거든

쉿,
도망갈 시간을 주고 있는 거야
내게서 벗어날 시간

모르는 거 아니지?

연극성 신경증

진열장에 가득 찬
수많은 가면들

사는 건 매 순간
연기하는 쇼 같아

감정이 연기처럼 흩어져
안개 낀 숲을 걷는 듯해

옥타브를 넘는 과잉된 소리
가짜가 진짜의 경계를 넘어서
숨을 쉬고 내뱉는 것처럼
가면을 쓰고 벗지 못하는 거야

세상의 모든 존재는 아름다워
가면을 벗듯 사라질 거니까

사라지는 것들은
순간순간 내뱉는 숨이 간절하고

부스러져도 반짝일 것 같아

어떨 땐 모든 걸
불사르고 싶은 충동이 들어
불면의 근거지부터 불태울까

훨훨 불나방처럼
날 잃는 것까지 감수하고서

폭우처럼 밀려오는 감정을
폭죽처럼 터트리는 거야

그런 날은 가짜일 뿐인데
모든 빛이 진짜처럼 시름시름 앓아
기력을 소진해

발에 밟히는 모래알들이
자신이 주인공이 아니라고 새파래지면서

수많은 불빛이 깜빡이고

초점이 흔들린다

오늘은

어떤 가면을 쓸까

집착과 동경 사이, 고장 난 온도계

얼었다가
녹아내리다가
증발하고
다시 떨어지는
돌고 도는 지구 속
피고 지는 사계

너라는 물음표가 들어와
짧았던 내 잠이
더
토막토막 나고

미어캣처럼 늘 경계하던 삶의 뼈대들이
무너져 내린다

하늘과 바다가 회전하고
낮과 밤의 전구가 깜빡깜빡
현실이 꿈인 듯
숨도 내뱉을 차례였던가?

돌돌돌 말아 하루를 구르다 보면
언제나 네 앞

물살이 회오리치며
죽음 끝까지 질주하는 기분

늘 너에게만큼은
녹아내리고
증발했다

다시 떨어져도
언제나

고장 나버린 온도계처럼
나는 너였다

달, 갈증

스며드는 광기어린 기억의 편린
깊숙한 늪같이 축축한 곳에 숨겨뒀어
내 가슴팍을 부러뜨리고 나오려는 날개
연기처럼 뻗어 나와 허공에 흩어지지

널 부서뜨리고 싶어
널 집어삼키고 싶어

네 빛을 무한히 잉태하고
내 어둠으로 너를 감추고 싶은 모순

나만이 오롯이 느낄 수 있어야 되니까

네 나비 같은 숨결
흔들리는 몸짓
날카로운 손끝
짙어지는 마음
옅은 눈물

취할수록 갈증의 늪은
죽음을 향한 기다림처럼 깊어져가

아름다운 밤이야

걱정 마
네게로 늘 가라앉을 거니까
네 고통은 사라지길

시간의 채도가 짙어질수록
내가 네게 녹아들고

닿을 수 없는 네가
달처럼 걸리는 일
너로 넘쳐흐르는 일

나의 슬픈 프랑켄슈타인

여긴 눈먼 자들의 땅
프랑켄슈타인, 여기에서 눈을 감아요
아름다움도 흉측함도 없는
그런 정의가 없는 곳

보이는 것이 전부라는 늪에 빠져서 눈이 멀어버린 거예요
사랑 따윈 절대로 보고 만질 수 없는데도
애써서 붙잡으려고 하면 빠져나가는 모순 속에서
길을 잃어버린 거예요

인간들은 모두 괴물의 탈을 썼으니
속과 겉의 구분 없이 자유로운 바람을 느껴요

그러니, 제발
부러져가는 시소를 타지 말아요

당신은
사고도 아니고
결함도 아닌
존재 그 자체의 존재일 뿐

피어남의 선택권이 있긴 했나요

아, 나의 슬픈 프랑켄슈타인

존재 자체를 부정당한 증오뿐인 삶
괴물이 되기로 선택한 마음,
알아요

따스한 햇살과 비
그걸로 충분했을 텐데
붉은 어둠의 씨앗도 싹트지 않았을 테죠

당신의 상처는 아름다우니
내 곁에 있어요

그러니, 이제
부러진 시소를 타지 말아요

상사화

기울어서 쏟아지는 모든 것이 흐느끼는 밤
세계의 시계가 멈췄는지 움직이지 못하는 기분

극단에서 맞닿을수록
손끝에서 발끝까지 저릿해지는 색

방향을 잃은 메아리처럼
잃어가는 내 숨과
돌아오지 않는 부메랑처럼
잡을 수 없는 네 숨결

나는 태어나고 또 태어나
갈구의 먼지가 덕지덕지 붙어서
변질되는 것은 아닐까

한층 겹쳐지고 두터워지는 마음은
나의 죄
당신은 모르는 일

날개를 뜯어버리고 싶은 욕망이 들어
온도를 조절해야 해

널 잃을 수 없으니까
물러서서 나를 검열해야지

당신을 온전히 담아내려고
나의 공터를 비우는

나는
당신의 터널을 끊임없이 오고 가는 바람

종일 내리는 당신을 맞는 것
하루의 시작과 끝에서 당신을 그리는 것
당신으로 앓는 것

이것이 나의 전부
아무리 들켜도
당신은 모르는 일

낙엽의 소리

보이지 않는 틈새로
빠져나가는 계절
추락한 낙엽들에게서
잿빛 공허의 냄새가 난다

한숨과 경이의 파도를 타며
끊임없이 흔들리다 멈추는 삶

돌이킬 수 없는 해류는
야속하게도
이 모든 자취를 지워 버리겠지

한순간의 찬란함으로
눈부시게 쌓아 올린 모래성을
영원히 간직하고 싶은 것은
순수한 걸까
순진한 걸까

사랑받고 싶었을 뿐

총성이 들린다

니를 겨누는 순간
나를 먼저 잃는다

사랑의 노래

누구나 소용돌이를 품고 살아

길을 밝히는 가로등이
새들을 헤매게 하는 짙은 모순처럼

불완전한 상태에서
존재를 증명해야 하는 우리들처럼

흔들리는 목소리가
물결처럼 일렁여서
매혹적이야

목소리도 희생하고 사랑을 노래한 인어는
왜 물거품 되어 사라져야만 했을까

마음이 공터처럼 비어버린 나는
도무지 모르겠거든

사랑이 없어서 지옥인지

사랑이 있어서 지옥인지

사랑도 사람의 일
사람은 유리알처럼 나약해서 아름답지만
살얼음처럼 조심해야지

그래도 넌
사랑을 선택하겠지, 아마
소용돌이에 휩쓸릴 각오를 하고서

레몬사탕을 혀에서 굴리는 기분
노란빛으로 반짝반짝 빛나고
새하얀 깃털을 가진

나의 세이렌이 되어 노래해줄래

무기력증

폭탄의 심지가 타들어 가듯
뾰족한 연필심이 뭉개지고 있어
극단에서 빠져나오는 모양이지

달이 차오르다 사라지고
우리도 늪 속으로 가라앉아 사라질 수 있어
잠수하는 것처럼

숨만 쉬는 껍데기라도 괜찮아
여전히 빛이 깜빡이거든

피가 되어 흐르는 것들
각인되어 이어져 오는 것에서
벗어나고 싶구나?

끝낸다는 것은
벽을 허물어 밑바닥 깊이
자신의 빛을 걸고
날아가는 것

눈을 감고 죽은 듯 기다려

지나갈 거야

생은

포물선의 파도를 타고

꺼졌다 타오르는 일의 반복

끝이 아니야

눈을 떠

떠오를 테니까

날개

파편이 손끝을 관통하는 고통
나는 텅텅 비어서 창처럼 관통당하는 거지

통곡하고 싶은데 눈물이 안 나
난 어디가 고장 난 걸까

낮과 밤의 숨소리가 파도처럼 밀려왔다 쓸려가고
시계의 끝들은 속닥이며 잘만 움직이는데
난 고장 난 게 분명해서 너무 서러워

절벽에 오면 절벽의 풍경에 매료되어
내가 완벽한 공허로 채워질 것 같았어
그렇게 내 공허감이 다 사라질 줄 알았어

한 발
또 한 발
내디뎌 봐

날개가 솟아날 거니까

훨훨 날아가는 거야

이 형틀에서 벗어나

긴 여행을 떠나

Forget-me-not

부유물들이 가라앉는 새벽

나는 빈 공터처럼
차고 따뜻한,
뒤섞인 공기가 머무르는 곳
바람이 스쳐 지나가는 곳
나타났다가 사라지는 모든 것을 끌어안는 곳

사라진다 사라진다

사실은 실재가 없다는 사실이
따뜻한 네 시선처럼 위안이 되고

꿈처럼 깨어나야 하는데
나는 여전히 나를 몰라

Forget me not

Forget me not

물망초처럼 외치면 기억해줄래

부러 슬픔을 만들면서
손톱을 짓누르면서
부스러지는 낙엽이 되면서

짓이겨져 피멍이든 날개로 날아
난 그게 번지는 립스틱 자국처럼
추하고 추해서 시선을 끌어
어떤 날은 마냥 기쁠 것 같아
우린 본디 천하고 천한 존재니까

그렇게 무너져야 할
삶의 굴레
사람이란 껍데기
사랑의 존재

잘 느끼려면 촉을 날카롭게 갈아야 해
그러니 첨탑의 꼭대기에서 엎드려도 좋을 거야

그것이 나의 구원이자

죽음의 통로

빛과 어둠도 없는 곳으로

멀리

어느 모서리 사람의 일기

한숨이 불어옵니다
한숨은 나를 깨물고
나의 속도가 늘어지고 찢어지면
나는 모서리 꽃을 피워요

어디가 내 자리일까 고심하다가
구석을 발견해서 누웠습니다

그곳은 나의 안전지대,
모서리에 딱 맞는 구석이라
편했습니다

가로등 불빛이 켜지면
따가워서 고성이 나올 것 같아요

죽음을 불러오는 도플갱어처럼
한숨 대신 휘파람을 불며 사라지기로 합니다
휘파람도 모서리가 져서 속으로 삭여야 해요
그렇게 썰물처럼 빠져나가는 겁니다

침전

오늘은
망가진 틀
애초에 없었을지도 모르는
투명하게 늘어지는 슬픔

초라한 섬처럼
나를 견딜 수 없어

부족해로는 형언할 수 없는 이 갈증
숨을 잃고 너로 쉬고 싶어
깊어지고 깊어져서
같이 가라앉고 싶어

아가미가 시간처럼 닳고 닳아
너라면 숨이 막혀도
저릿해서 짜릿하겠지

네가 빠져있는 너라는 우물까지도 질투하면서

네 그림자처럼 따라붙고 싶고

너의 흔들리는 바나에서
서서히 빠져들고
식어가고
녹아드는 나는

조약돌이 되어 작은 파문을 일으키고
고요히 가라앉아
네 밑바닥에 누워

그렇게
그렇게

너를 기다리며
부서져도 좋은 밤

모순의 섬 그리고 꿈

손끝에서 바람이 불어 파도가 칩니다

어디에도 갇히고 싶지 않아서
변신을 즐기는 흉내문어처럼
차갑지도 따뜻하지도 않은 미지근한 바람처럼
태양 주변을 빙빙 도는 행성처럼
나는 어디에도 속하지 않는 이방인

(이곳은 모순의 섬이자 앞뒤가 맞지 않는 꿈속입니다
진실은 왜곡할 수가 없으니까요)

나는 내가 없는 꿈속에서 허우적거리고
모양이 없는 고통에 크레파스처럼 뭉개지며
깨지 못하는 잠에 빠지고

삶이라는 거짓 이름표를 가슴팍에 달고
눈과 귀가 멀어 허공을 더듬습니다

우리는 이제 우리를 모르고

우리라고 믿던 색은 옅어지고
안개 숲을 걷다가 휙 사라져버리는

암전

어디에도
나는 없습니다

나의 새파란 공허

세상은 모래성
흩어지는 모래먼지
사라질 꿈
내 마음은 넓은 공터처럼
스쳐 지나가는 새파란 공허

미로 벽에 갇힌 듯
아무리 소리쳐도 아무도 듣지 못하는
나는 없는 장소

나의 3차원은 모든 벽으로 가득 차고
눈이 사라지고
코가 사라지고
입이 사라지는

아무것도 아닌
사형선고를 받은
극단을 오고 가는
기

분

밤하늘에 떠야 할 달이 내 목에 걸려서
아무리 뱉으려 해도 뱉어지지 않는
고
통

아무리 다른 시간, 공간, 차원에 있어도
나를 비추는 거울을 찾는 것

내 마음이 흐르는 강처럼 흐를 수 있도록

있는 그대로의 나를
있는 그대로의 나를
알아봐 준다면

나는 기꺼이
아래로
추락해도, 좋아

단 하루만 살아도

살

고

싶

어

거품처럼 사라질 영원한 지금

생각들이 손깍지 끼듯 겹쳐지는 순간들
거기에서 고인 물처럼 머무르고 싶은 마음과
숨소리에서 파도가 치는 이 느낌들이
교차하는 낮과 밤

스며드는 따뜻한 빗방울은 곧 증발할 것 같아
유리 조각을 만지는 것처럼 불안하고
그 기분이 생경해서 기쁘면서도 슬퍼

단단히 부여잡은 뿌리가
땅이 흔들리는 고통을 느껴야 할 것 같아서

극단이 하나로 맞닿는다면
편하게 아프기로 해
매번 도망치는 몸짓을 멈추기로 해

일어난 것은 또 사라지고
손끝에 저미는 아픔도 어느새 빠져나가
물에 비친 달처럼 그저 허상일 뿐이라도

순간순간이 소중해서
고통도 축복이야

세상에 붙은 모든 이름표들
이름을 떼면 무엇인지 아무것도 모를

그저 존재할 뿐

그래도 따듯하게 불러주면 좋겠어

물 위에 떠 있는지
물속으로 잠기는 지도
모르는 나를

지금 이 순간

보통의 나날들

느려졌다 빨라지는 세월의 속도
시시각각 변하는 바람의 방향처럼
일정하지 않은 시계의 초침

내 감정이 시들수록 시간은 휘발되고
내 눈도 귀도 입도 사라지는 순간들

그렇게 꿈을 깨고 나면 밤낮을 구분하기 힘들고
내가 어떤 시간과 공간에 있었는지
지금 내가 어디에 있는 건지
지금이 현실인지 꿈인지조차 모호해지는 거야

빛처럼 지나가는 수많은 생각들과
변화하는 기분에 맞춰 바뀌는 목소리의 색

너는 나에게서 빠져나가고
아니면 내가 너에게서 빠져나가면서
이것은 기억의 터널 속에서 불어오는 바람인가
지금 부는 바람인지 혼란스러워하면서

식어가는 눈빛으로 상처를 주고받으면서

힘든 날갯짓 없이
영민하게 상승기류를 타는 새처럼
최고점에서 스스럼없이 활공하는 것

그렇게 지나갔으면

이 시간도
이 바람도
너도
나도

채식주의자

붉게 끓어오르는 피
목울대 누르니
사방의 문이 닫히는 이 고통

천장에서 생기는 수많은 빗금 사이로
뚝뚝 떨어지는 갖가지 색들의 눈물
금세 탁해질 듯 해
조마조마해

저 문밖은 아침일까 밤일까
내 발은 자꾸만 얼어붙는데

차가운 겨울 숲에서도
따뜻한 온기로
푸른 숨을 쉬고 싶어

단단히 뿌리를 깊이 내려
오돌토돌한 뼈대 사이
푸른 수액이 흐르면 좋겠지

끊임없이 흐르고 흘러
흘려보낼 테니

베이면 베이는 대로
푸른빛을 계속 증명하는
대나무처럼

비 냄새가 나

오늘은
푸른 비가 올 거야

끝이 아닌 끝

의도치 않았던 것들이
거미줄에 걸려 허우적대듯
계속해서 얽히고설키는 붉은 밤
나는 이걸 좀 뱉어내고 싶어

손으로도 닿지 않고
마음으로도 가닿지 않는데
위치 감각을 잃어버린
방향을 못 찾아 엉엉 우는
어른 새

강박은 독처럼 퍼져서
이미 점령당한 것 같은데
어디서 빛을 찾고 길을 찾아
비로소 날 수 있을까
게워 낼 수 있을까

엉망이 된 실타래여도
천천히 차근차근 풀 테야

다시 상처투성이인 손끝으로
조금씩 연습할 테야
숨을 쉬는 그 자체가 기적이니까
이렇게 위로해

비가 오고 나면
무지개를 기대하는
어린아이의 마음은
또다시 쉽게 바스라지겠지만

비는 또 와도 그치고
해는 또 뜨고 지고
꽃은 또 피고 지듯

모든 건 멈추지 않을 거니까
너도 그랬으면 좋겠어

히아신스

바람을 소망한 꽃잎
깊게 내린 뿌리 버리고
허공이 과녁이 되어
손끝을 던진다

산들산들 부는 바람과 춤추며
하늘하늘 낙하하는 너

끝이 온 줄도 모른 채 내려앉아
따스한 온기가 식으면
빛바래지는 추억처럼
향이 옅어지고 말아

순리를 거스르는 걸까
시간의 채도가 짙어져

네 새하얗게 부서지는 웃음에
청아한 향이 번져 고이고이 얼려둘 테야

슬프지 않아

넌 하얗지만 형형히 빛나서
물들지 않고 물들이니까

하얗게
눈부시게

물들여줘
웃어줘

꽃비가 내리는 지금
숨을 쉬어

히아신스 향이 나

또 다시 밤은 오고

검은 눈이 내리고 있어
너무 익숙해서 따뜻하지
여기서 도망쳐야 하는데
우물 같은 우울 속으로 추락하는 기분이
부메랑처럼 다시 내게로 돌아오고
여전히 끊임없는 시험의 도돌이표

함께 하려 하면 할수록 짙어지는 외로움
모순투성이로 떠도는 붉은 소혹성 같아

경계선을 벗어나면 숨이 막히고
외부에서 온기를 찾으려 할수록 나는 식어가잖아

검은 눈이 비가 되고
내 피가 되어 계속 흐르는 카르마

누구에게도 말할 수 없고
나만이 구원할 수 있는 것

사랑이란 보호막으로
나를 감싸 안아주는 거야

햇살이 닿아

오늘도 살아있구나
오늘도 살아있구나

내면아이

옷더미같이 웅크린 슬픔

투명하게 존재하던 시간만큼
쌓인 기억이 엉겨있다

눌리는 압박에
빗금이 생기는 것도 모른 채

방치된 것들은
제 목소리가 옅어져
영문도 모른 채 아파하고

달을 향해 뻗어나가는 가지는
보랏빛 모순처럼 빛을 경계했다

고이면 썩는 존재들은
사라진 날개와
손끝의 온기를 그린다

(괜찮아, 내가 구해낼게
이제 나와도 돼
나와 같이 살아
내가 무조건 보호할 거야
네가 어떤 일을 해도
반드시 지켜줄 거야)

햇살이 비추고 바람이 포근하다
옅어진 소리들이 꺼이꺼이 운다
오열한다

울음이 흘러
얼룩들이 옅어지고
기억의 모서리들을
끌어안는다

네가 내게 휘고
내가 네게 휜다

눈물사탕

산들바람이 부는 듯했어
내게도 봄이 오는구나 하고
사포처럼 거칠던 표면들이
부딪히고 비벼져서 부드러워졌다고 믿는
순간들

나사처럼 풀리는 마음 때문이었을까
검은 강은 낮게 흘렀어야 했는데
나를 겨냥하는 포탄이 쏟아지고

깊숙이 침몰하고 있어

빛을 삼켰다고 생각했는데
그저 꿈이었을까

아득히 먼 지평선에서
걸어오는 깨진 유리 조각들
엉성하게 붙어서 실패한 조각들의
걸어오는 말이 흘러넘치면

눈물사탕을 아이처럼 핥으면서
오늘이란 시험에 실패한 기분을 만끽해

꽃도 절망할 수 있어
절망은 흐릿해지는 감정
절망의 유통기한은 오늘 밤까지

약속해
낮게 흐르며
실패를 사랑하기로

무너져 내린 다음 날엔
망각의 동물처럼
한 발자국씩만 더 나아가기로

마음껍질

무척 고통스러운 일이지
나의 껍질을 벗기는 일이란
숨겼던 은신처를 들키는 기분

내가 피했던 수많은 나로 쌓인 탑이 무너지는
그러니까 과거의 내가 무너지는 기분이랄까

내가 나를 감춘 시간만큼
시간의 두 발이 걸음을 멈추고
우두커니 서 있던 나날들

마치 판도라의 상자를 여는 것처럼

군침 흘리며 시뻘건 눈을 하고 달려드는
혼란의 하이에나 떼들이 몰려올 것 같거든

그럼에도 불구하고

껍질이란 우물 속에 빠져있는 과거의 나를

구하러 가야지

바닥으로 녹아내리던 나를
지푸라기처럼 초라했던 나를
건지러 가야지

시간을 너무 오래 묶어두고 있었어
내가 고이는지도 모르고

흘러야 제대로 살아

사바아사나

무색의 터널을 지나고 나면
빛을 앓는 죽음이 찾아와

사라지는 거야 서서히
지금 이 순간
죽음의 깃털에 안겨

지나온 터널을 폭파시키는 거지
그러니깐 과거의 나는 여기 없어

진짜 순간의 숨을 붙잡아
네 심장을 꽃망울처럼 터트리려면
이 정도의 고통은 각오해

나는 그저 내게서 빠져나와
나를 풍경처럼 관찰하는 거야

빛의 통로를 견뎌
지나가는 중이니까

알아차리지 못하면
네가 아니라 네 삶을 고문하는 거야

죽은 삶에서 죽고 다시 태어나는
금빛이 수놓은 공간

,

새하얗게 불살라
사라진

이별하는 겨울

악몽을 꿨어
꿈을 잃어서 현실이 반가웠지
주말을 잃고 나면 월요병이 없거든

사막의 기후처럼
나에 대한 온도가 끝도 없이 높아져서
그 마음이 증발하길 빌었어

나를 잃으면 타인이 반가울 줄 알았는데
빛과 어둠의 기로에 서서
어둠 쪽으로 빨려드는 기분이 들었거든
낮보다 밤이 길었으니까

과자처럼 부스러지는 기억들을 밟고
길을 걸었어

아물다고 믿었던 상처가
입을 뻐끔뻐끔 벌렸던 걸 보면
유리 조각이었을지도 모르는 일

충분히 앓았나 봐
어둠이 지겨워시 빛도 가끔 반가워
기억의 재를 바다에 흩뿌리고 있어
과거의 겨울과 이별할 시간

푸릇푸릇한 잠을 잘 거야
노랗고 따뜻한 봄이 다가오니까

흔들림의 미학

깊이 뿌리 내리는 나무가 되는 상상
단단한 기둥 위 뻗어나가는 가지와 초록 이파리들
아름다운 생명들이 거쳐 가는 통로

바람이 슬픈 날
마음의 뼈대가 무너져 내리고
가냘픈 숨도 흘러내리고

몸과 혼 사이
서성이는 마음들

바람에 흔들리는 꽃처럼
흔들리는 나를 사랑해야지

흔들림에서 피어나는 곡선이 아름다우니까

매일 밀려오는 감정의 파도 속
생각의 해초들이 유연히 흔들린다

있는 그대로 받아들이고
항해하는 것

가려졌을 뿐
빛은 언제나 존재하니까

뿌연 안개 속에서도
숨 쉬는 법을 배우는 거야

바스라지지 않도록
사라지지 않도록

지구는 춤을 추고 내 마음은 흔들려요

연필을 깎습니다
빙글빙글 빙그르르

원을 그리는데 자꾸만 뾰족해집니다
아마 나도 모르게 깊어지나 봐요

지구가 춤을 추니까
내 마음이 흔들릴까요

내가 살고 있는 지구는 동그라니까
뾰족한 나는 미친 걸까요

뾰족한 세계에서는 분명
동그라미가 미친 거예요

내 눈엔
모두가 뾰족해져 가고 있는데

곧 뾰족한 세계가 될 것 같은 느낌적인 느낌

그래도 당신이란 물음표를 향할 땐

동그랗게 말아서 다치지 않게

공처럼 예쁘게 굴러볼게요

뾰족해서 어렵지만

노력해볼게요

단 하나의 꽃

마음의 추가 바깥에 멈추면
돌아갈 곳을 잃은 미아
날카로운 경계선 위 혹독한 추위에 맞선다

목울대는 점점 온기를 잃고
제 목소리는 사라지는데
내 별자리는 어디로 갔을까

하루하루 좁혀 오는 벽 사이에서
가라앉는 색채에 머무르며
시간은 나오라고 소리친다

빛 부스러기조차 낯설어
갸르릉 날 세우는 고양이처럼
백합 향에 중독되는 건 아닐까 하고
이미 나는 살아지고 사라진 지 오래지만

네 하얗게 부서지는 웃음을 사각사각 베어 먹으면
온기가 소복소복 쌓일까

우아하게 무너질 줄 아는
젠가의 여왕다운 위엄을 보여줘

무수히 많은 음표가
후두둑 흘러내린다
쏟아진다

상처로 얼룩진 손끝의 절벽에
입 맞추고 싶어

단 하나의 숨으로
단 하나의 음으로
단 하나의 빛으로

온전히 피어나는 꽃

물들어도 물들지 마

닻

보조석에 묶인 듯
나만 정지한 채 숨만 허비하면서
바람의 방향도 구분 못한 채로
풍경은 달린다

감정의 파동이 잔물결처럼 퍼지면
순식간에 냄새 맡고 달려드는
검은 거머리 같은 그림자 무리
굶주린 배를 채운다

마취제처럼 서서히 퍼지는
분노에 물든 촉수는
독이라 경고할 텐데
붉은 독을 삼키면
갈고리를 잘라내

이 고통은 온전히
내 소유
나의 것

상처는 상처로 치유해

어둠은 빛을 잉태하고
빛은 그림자를 먹이 삼는 거지
너는 몰랐겠지만

닻이 오른다
순풍이 오니까

파도

기다란 감정의 기차가
소리도 빛도 잃은 터널 속에서
수리부엉이의 솜털처럼 소리를 흡수한 채
포식자가 덮쳐오듯 다가와

나의 몸이 내 것이 아니라서
각각의 방 속에 걸려있는 암호들

내 몸이 나라는 착각
내 생각이 나라는 착각

착각들로 쌓아 올린 건축물은
부실 공사한 듯 무너지는 건 순리일까

지구의 자전과 공전을 알아차리지 못하듯
흔들리는 존재들이 빗물처럼 스며들어

나를 그려 나가는 건 때론 내가 아닌 것 같아서
내가 나를 잃어야 하는 싸움 같아

내가 외면했던 파도들이 몰아쳐서
나를 때리는 벌을 받았던 거지

빛이 어둠이 되고
어둠이 또 빛이 돼

나를 덮어주고 안아주는 어둠의 힘으로
빛의 지문을 더듬어 나가고
거센 파도를 무력화시킬 거야

내가 아닌 나의 생각을
복종시키고 다스리는 군주가 되는 것

시공을 초월하는
거대한 파도가 되는 꿈

나의 모양

사람들이 점토처럼
갖가지 무늬의 형틀에 찍혀 피어나
그 모양으로 숨 쉰다

자신만의 어항에 갇혀
보이고 들리는 게 전부라 믿으며
자신이 보고 듣는다고 착각하면서
어항처럼 되어가는 줄도 모르고
비틀어진 형틀에
제 심장을 구겨 넣지

다채로운 빛깔과 무늬들이
하나의 색과 무늬로 변하는 세계

미처 물 밖으로 빠져나가지 못한 기포처럼
숨 막히지 않아?

공장의 녹슬어가는 부속품만큼이나
지루하고 진부해

내 모양이 고장 난 듯

형틀을 거부하면

내 혼은 유배당하고

새하얀 얼음 숲을 맨발로 걷는다

고통을 잘박잘박 느끼며

내 모양의 숨으로 휘파람을 불 테야

서로 다른 모서리에 기대어

더 큰 빛 채우는 소망을

꾹꾹 눌러 담아

빛나는 밤, 오로라

반짝이는 숨을 들이마시면
푸른 빛 바다 저 깊이 출렁인다

존재하는 모든 것들은
금빛의 보풀을 지녀서
해저의 돌멩이라 하더라도
온 힘으로 귀 기울일게

겹겹이 층을 지어
갖가지 색으로 눈부시고

빛이 충돌하는 순간에도
나 자신의 고요를 누려

날개가 부러져도
넌 심해의 불가사리처럼
끝없이 재생할 테니

쨍그랑하는 빛의 틈 소리

온몸으로 밤바다를 수놓는 힘

네 숨 마디마디는 도드라져
져도 지지 않을 테니

휠휠
타올라

두 손을 포개
네 심장 소리를 믿어

밤바다의 세레나데

네 마음속 검은 숲
밤이 되면 꿈꾸듯 깊어지고
짙은 그림자가 수채화처럼 번져
넌 파도처럼 들썩인다

밤하늘에서 떨어지는 별빛들이
네 눈가에 내려앉아
여전히 눈부셔 아파

검붉게 끓어오르는 너를
내가 감당할게

심해의 발광하는 생물들은
빛을 보호색 삼아
자신을 감추며 살아가

새카맣게 고요한 심해
수많은 빛 속으로 숨어들어
네 검은 숨도 옅어지길

너만을 위한 나의 세레나데
귀 기울여 들어줘
함께 호흡하고 느끼는 것
그 자체로도 넌 빛나니까

별빛을 머금은 파도들 부서지고
하얀 거품처럼 사라지겠지만
괜찮아

끊임없이 출렁이고 빛나는 우리
지고 나면 피는 꽃처럼
다시 만날 거니까
그렇게 사랑할 거니까

나를 사랑하는 시간

과거로 들어가는 터널의 입구를 닫고
감정의 찌꺼기들을 배수구로 흘려보내려
보이는 것보다 보이지 않는 것을 보려고
눈을 감는다

물 위에 떠 있는 나뭇잎이 된 듯
힘을 비우며 시작되는 일

어떤 날은 잠영을 배우고 싶어
어둠을 극복하고 오롯이 나를 마주하려고

호흡을 파도인 듯 관찰하고
블랙홀처럼 아득하더라도
한 스푼씩 꾸준히 덜어내는 의지로
뿌리를 단단히 뻗는 나무처럼 수련해

바람이 부는 대로
냇물이 흐르는 대로
계절이 변하는 대로

있는 그대로의 빛을 수용하고
마음속 여과기도 잘 다듬어야지

나 자신이 아무도 찾지 않는 빈 공터 같아도
공허하지 않고 기꺼이 비우는 힘

우리는 빛으로 연결되어 있음을 느끼니까

불꽃이 물결인 듯
나를 사랑하는 시간

곁에

오늘의 햇빛과
구름으로 가득 뒤덮인 하늘이 사랑스러웠어
주고받는 시선의 온도가 따스했고
가끔은 기형이 아닌 대화도 나눌 수 있게 됐거든

터널 속 푸른 멍이 번져서
기억의 뼈대가 무너졌다고 생각했는데

사실, 나는 여러 차원 속에서
끊임없이 태어나는 것은 아닐까

나처럼 시간은 느릿느릿했지만
잘하지 않아도 괜찮았어

하루를 두 번 살아내듯
천천히 걸어오는 봄처럼 여유 있어 좋았어

나의 하루를 실패해도
나의 오늘을 포기하지 않았으니까

수많은 빛깔을 담다가도
때론 나비의 날갯짓처럼 눈을 깜빡이듯
내 마음의 잔을 투명하게 비우고 싶어
그래야 맞닿을 수 있잖아

봄꽃 같은 기적이 일어나고
축복 같은 하루가 축제처럼 열리고
갓 구운 빵 같은 다정한 냄새를 맡는 일

알아

네가 스며들 듯 숨 쉬고 있다는 걸

사랑에 대한 대답

비가 내리고 있어
네가 쏟아지는 것 같아 좋았고
나는 매번 널 맞으려면
투명한 유리잔처럼 비워졌으면 했지
그렇게 맞닿을 수 있다고 믿었거든
지금 내리는 비의 감촉을 느끼는 것처럼

빗소리를 맞으면서 살아있음을 느끼고
그렇게 쓸려오는 감정으로 울고 싶어
황금빛 찬란함 속에서
매 순간 태어나니까

빗물들이 다정하게 속삭이고
흔들리는 바람에 키스하고
흐르는 나무의 수액과 뻗은 뿌리처럼 연결되어
현재는 영원해

쓸려왔다가 사라지는 모래성처럼
처절하게 부서져도

내게 파도는 오롯이 따듯하고 따뜻해

낮과 밤이 있어야만 온전한 하부가 되는 깃처럼
그렇게 온전해지고 있어

두려워하지 마
이름 같은 틀은 애초에 없어
삶과 죽음을 벗어나서
늘 사랑으로 존재할 거야

네 곁에

봄, 구애의 계절

포드닥
당신은 봄바람
물결처럼 일렁이며 날아와

운명 같은 파도가 밀려들면
내게 스며들어 적시고
깍지를 끼듯 맞닿아

당신의 시선에 핀을 꽂아서
날 걸어두고 싶은 충동

바깥의 계절과 시간에 무관심한 난
당신의 온도와 리듬
그걸로 충분해

천천히
서서히

구애할 거야

빠트릴 거야

내게로
내게로

딸깍하고 맞아떨어지는 이 느낌, 이 소리를
문신처럼 깊이 새겨줘

아파하는 네 호흡도 예뻐서 훔치고 싶어
구름처럼 다가가 네 향취를 마시고
압도하고 싶어

공작의 깃털을 뽐내듯
이것이
내 구애의 끝없는 시작

입을 맞추듯 맞닿고
바람결에 춤추듯
기꺼이 흔들릴 테니

우리만의 정지된 시간

바람에 가볍게 휘날리는 비눗방울
톡톡 터트려 본다

그 속에 수많은 감정 알갱이가
터질 듯 말 듯 숨 쉬니까

투명색 그대로 드러내는 넌
작은 날개를 숨긴 천사야

네 자유분방함을 사랑해

빨간 우비를 입으면
달콤한 딸기향이 나겠지

핑크색 하트무늬 장화를 고르는
확고한 취향까지 전부 다
사랑스러워

이럴 땐 모든 게 멈췄으면 좋겠어
그래서 멈춘 듯 행동해

시간의 벽을 허무는 거야

우리만의 소우주처럼
무음 버튼을 누르는 거지

날씨의 변덕을 알 수 없듯
정해진 규칙이란 건
우리에게 무용지물

아무것도 모른 채
까르르 웃을 뿐

진흙탕이 없어 아쉬울 땐
네 취향의 빨간 타일만 골라 밟자

심심해지면 시시하니까

느긋이
천천히
숨 쉴 수 있을 것 같아

튤립의 밤악보

사방의 칸이 닫히고 어둠이 드리는 시간
그림자가 끊임없이 소리치지만
바야흐로 튤립처럼 네가 매혹적인 순간

틀린 감정일까
내가 망치는 걸까
흔적을 남기면 안 되는 걸까

빛의 표정을 궁금해하는 네가 궁금해서
잠으로 잠영하고 싶어져

싱그럽게 물결처럼 반짝이는 시선
불가항력적인 멈춤, 숨

밝은 것은 본능적으로 어둠을 깔지만
어둠을 가지고 노는 듯한
네 손의 곡선이 좋아

바람이 불고

연둣빛 나뭇잎들이 뿌리를 잃을 듯 흔들려

곧 나는 뿌리를 잃겠지만
너라면
두 번의, 세 번의 봄을 계속해서 맞는 것 같으니까

나를
잃어도
잊어도
사라져도
괜찮아

초록빛에 물든 네 시선에 취해
네 밤악보를
느낄 거야

존재할 거야

오늘도 따뜻한 비가 내리고

문지르고 싶어
활자에 마음을 품고 손끝으로 건드는 것
내가 할 수 있는 유일한 걸음이자
나의 자취를 네게 남기는 흔적

눈물이 번지듯
마음이 번지는 걸까

흔들려서 새는 네 빗소리를 품을 테니
그저 울어도 돼

널 깨트리지 않으려면
널 깨트리지 않으려면

어떤 방식이 최선일까

오늘도 따뜻한 비가 내리고
그 비가 내 마음을 문지르고

활자를 담은 종이와 마찰하는 기적
도마뱀붙이처럼 중력을 거스르고 싶어
매끄러운 시간의 표면을 거슬러서
네 모든 과거까지도 안고 싶은 마음

네게 달라붙는 내 몸짓은
꾸밈없고 솔직하지

달콤한 형벌이야

여전히 너는 빛나는데
너는 모르니까

물꽃

따뜻한 비가 내리는 새벽
, (숨 쉬어요)
새벽의 빛깔을 싣고 내리는 이 비를
상처 자국이 흠뻑 맞으면
차려입은 정장처럼 근사해서
홀릴 듯 아름다워요

아!
이것은 순간의 진통제
같아
아파

수면 아래로
달빛과 하늘하늘 춤추며
가라앉고 싶어요

힘을 **빼야만** 가능한 일

소용돌이의 불길이 거세졌다가

고통이라는 잔물결이 일렁였지만
빛에 반짝이니 예뻤죠

존재의 무게처럼 내려앉아
잠잠해지고

숨 멎을 듯 아름다운 이 순간
가졌던 적도 없는
나를 잃어도 좋을 테죠

본래 색과 향과 모양은 없을 뿐
생생하고 선명할수록
지독한 착각의 강에 사는 물고기 같아요

그저 아래로
낮게 흐르는 물처럼

그것이
우리가 우리를 사랑하는 모양

우리가 사라지는 냄새
우리가 알아차리는 색깔

깊어지고 있어요
아래로 향한다는 뜻

궁극엔 호흡마저도 잊어버리겠지?
사라지는 건 눈부신 일
꽃잎이 깃털처럼 가볍게 떨어지듯

그리고 다시는 태어나지 않기로 약속
격렬하고도 고요하게 포말처럼 사라져
영원도 없는 사라짐 속으로

끝나지 않을, 당신이라는 여름

당신은 달콤한 샤베트
혀끝에서 사르르 녹아요
무르익는 여름처럼

귀를 가만히 기울여 듣다 보면
두근거림을 꺼내 먹고 싶은 기분
가슴이 뻐근하게 아릿해지는 내 숨

영원처럼 당신을 갈구하게 될까 봐
영원 속에 잠드는 걸 택할지도
영원히 존재하겠지만

내 진심은 유연하지 못해
산호 속으로 숨고 싶은 마음과
흔들리는 촛불처럼 들키고 싶은 마음

십자가처럼 교차하며 바람이 불어요

당신으로 시작해서

당신으로 끝나는 동그라미 달처럼
서서히 데워져서 서서히 식는 바다처럼
당신이 달아요

당신으로 인해 바뀌는
내 하루의 색

기억할 수 없는 꿈이 될까 봐
당신이라는 장마로 젖어 드는
내 하루의 끝자락

나의 따뜻한 블루, 당신이라는 거울

낮과 밤이 차오르면
게워내야 할 시간
달이 기울면 쏟아져야 할 시간

시냇물이 졸졸졸
내 마음속을 흘러요

바람이
역풍이었다가
순풍으로

왔다 갔다 불다가
그렇게 맞닿는 순간

당신을 만나요

나의 따뜻한 블루
나를 비추는 거울

차오르다가 흘러내리는 눈물처럼

흔들리는 것은 멈추고
멈추다가 흐르고
흐르는 것은 부딪히고
포말은 아름답게 부서져서
궁극엔 우린 하나가 되어요

내가 당신을 비추고
당신이 나를 비추면

나의 숨이 흘러서
비워내도 가득한

당신은
나만의 따뜻한 블루
나를 비추는 거울

Shall we dance? (쉘 위 댄스)

나는 물이자 불
빛이자 어둠

생은 기다림
느림은 운명

우리가 궁극에 하나라면

고통은 자유
꽃이자 나비
멈춤이자 흐름

삶과 죽음의 경계가 숨이라면
시공을 벗어나면 다 허물어질
꿈이라면

나는
무엇을
이토록

그리는 걸까요
기다리는 걸까요

당신일까요
우리일까요
죽음일까요

오늘은 뚝뚝 떨어지지만
당신의 새파란 휘파람 소리를 들어요
무력하게 끌리니까
불어나는 마음의 때를 알아차리면서

나를 다 태우고 재가 되어
당신의 낮은 강에 흐르고 싶은 마음

부서지는 건 자연스러운 모양이니
슬프지 않고 자유로워요

지구는 빙글빙글 춤을 추니까
오늘은 나와 춤출래요?

우리의 뇌는 주어가 없고

들숨과 날숨
썰물과 밀물
낮과 밤
너와 나

햇살이 드리우면
어둠도 드리우듯

양 극단이 가로지르는
숨과 빛의 합주

우리의 뇌는 주어가 없어

내가 너를 사랑하는 게
내가 나를 사랑하는 일

더 낮은 곳으로
더 낮은 곳으로
깊이 날아가는 일

밤의 담요가 되어
네 모든 것을 끌어안는 일

우리가 우리를 비추고
바람과 소리처럼 관통하는 일

불멸 속에서
늘
존재하는 일

사랑하는 나의 아기새에게

내 사랑
내 구원
내 우주야,

너를 바라보는 내 마음이
노오란 햇살처럼 부신 아침이야

너는 자주 너처럼 투명한 눈물을 머금고
나의 죽음을 상상해

너무 사랑하니까 불안한 것
이 모든 게 사라질까 봐

너는 어쩜 숨 쉬는 모양까지 예쁘니

함께 있을 때만 느끼는 사랑이 아니라
눈에 보이지 않아도 오롯이 느끼는 사랑을
일러주고픈 내 소망

나의 모양이 네 시야에서 사라져도

언제나 넌
내 사랑이고
내 눈물이고
내 영원이란다,

내 아가야
내 아가야

너는 내 죽음을 상상하지만
나는 내가 가고 난 뒤를 상상해
네 깊은 곳에 어떻게 사랑을 가득 심어주고 갈까

죽음은 우리의 사랑을 귀하게 해
강하게 연결되어 있음을 느끼게 해

네가 나이고
내가 너인 걸

넌 자유롭고
유연하고
단단해

죽음도 그 무엇도
내 사랑을 가져갈 수는 없어
네 존재가 사랑 그 자체니까

나의 지아야